Im Namen des Wortes
erzählt von Jutta Hollenbach

Im Namen des Wortes

erzählt von Jutta Hollenbach

Neuauflage 2022

ISBN: 978-3-7543-3798-1

Die Deutsche Nationalbibliothek verzeichnet diese Publikation in der Deutschen Nationalbibliografie;
detaillierte bibliografische Daten sind im Internet über http://dnb.dnb.de abrufbar.

Lektorat: Jutta Hollenbach
Buchsatz: Jutta Hollenbach

Herstellung und Verlag: BoD - Books on Demand, Norderstedt
Made in Germany

Meiner Familie gewidmet

Inhaltsverzeichnis

Einst

Einst fanden acht Weisheitslehrlinge den Weg in die Erdatmosphäre. Ihr Auftrag war es, den Menschen in einer sensiblen Phase des Weltenwandels beizustehen. Derartige Missionen waren für sie nichts Neues, dieses Mal jedoch konnten sie sich einer gewissen Aufregung nicht erwehren. Es war ihnen klar, dass es eine gewisse Herausforderung darstellen würde, die Menschen zur Besinnung zu bringen. Allzu lange schon hatte sich der Großteil der Menschheit an jene zweifelhaften Kräfte gewöhnt, die sich jetzt mehr und mehr aufbäumten.

Die Acht waren wiederholt und eindringlich darauf hingewiesen worden, jede Form von Alleingängen zu unterlassen. Ohne zu verstehen, warum dies so betont wurde, erklärten sie sich damit einverstanden. Schließlich hatten sie bislang noch nie im Sinn gehabt, sich voneinander zu trennen. Warum also sollte dies auf der Erde anders sein? Die Lehrlinge sahen keine Gefahr auf sich zukommen und doch, trotz aller Vorwarnungen, dauerte es nicht lange, bis sich eine gewisse Eigenwilligkeit in ihnen bemerkbar machte. Und das geschah so...

KAPITEL 1

Sprachgewänder

Ein helles Glockenspiel ertönt. Die Zeremonie beginnt und damit auch die Mission der acht Lehrlinge. Behutsam werden sie in ihre neue Mission eingewiesen. Schnell nehmen sie ihre Plätze ein und lauschen den Worten, die der Hohe Rat an sie richtet: "Wir verkünden euch nun die Aufgabe, die auf Euch wartet. Auf der Erde ist jene Kraft, die Allem und damit auch der Sprache innewohnt, größtenteils in Vergessenheit geraten. Nun ist es Zeit, diese Kraft ins Bewusstsein der Menschen zurückzuführen und ihnen die Augen für die verborgenen Schätze zu öffnen, die in ihren Herzen und ihrer Sprache zu finden sind. Die Gewänder, die euch in Kürze überreicht werden, sind extra für diese Mission erschaffen worden und werden euch wertvolle Wegweiser sein. Wie immer sind in ihnen alle nötigen Informationen eingewoben, damit ihr euch auf der Erde zurechtfindet. Das Wissen über die Menschheit und den Planeten wird auf euch übergehen, sobald ihr euer neues Gewand angezogen habt. Alles Weitere ist euch selbst überlassen. Es ist diesmal an euch zu entscheiden, wie ihr vorgeht. Ihr habt die Wahl. Nur auf eines möchten wir euch nochmals hinweisen: verliert euch nicht aus den Augen. Und nun erhebt euch und nehmt eure Sprachgewänder in Empfang."

Den Weisheitslehrlingen bleibt nicht viel Zeit das Gehörte sacken zu lassen, denn schon im nächsten Moment werden ihnen die neuen Sprachgewänder vorgeführt. Was für eine Pracht! Alle Kleider sind aufwendig gefertigt. In erlesenste Stoffe sind leuchtende Farben und bezaubernde Mustern eingearbeitet und jedes Gewand ist mit einer ganz bestimmten Note ausgestattet.

„Seht nur! Hier stehen überall Wörter darauf." Die Acht staunen. Vor ihnen liegen ausgesprochen edle Gewänder, in die rätselhafte Bezeichnungen eingewoben sind. Sind das etwa Namen? Zu lesen sind dort: **Verlautbarung, Einspruch, Empörung, Meinung, Volkslied, Beschönigung, Wortwitz** und **Belehrung**. Die Lehrlinge lieben Sprache, diese Aufschriften jedoch ergeben für sie keinen rechten Sinn. Die jeweilige Bedeutung ist ihnen durchaus klar, unklar jedoch ist, was diese Worte auf den neuen Gewändern zu suchen haben. Die Gefährten sind gespannt wie es jetzt weitergeht, vor allem aber für wen welches Sprachgewand vorgesehen ist. Ratlos schauen sie in die Runde. Irgendwie fühlen sie sich vom Hohen Rat allein gelassen. Während einige zaghaft mit den edlen Stoffen in Tuchfühlung gehen, rufen sich alle noch einmal die Worte von vorhin ins Gedächtnis.

"Habt ihr das auch so verstanden, dass wir diesmal selbst entscheiden, wie wir den Auftrag auf der Erde ausführen?" Die anderen nicken zögerlich. "Das heißt, dass wir ebenfalls wählen, wer in welches Gewand schlüpft. Wie aber gehen wir dabei vor? Als Lehrlinge haben wir bislang noch nie eine Wahl gehabt und ich kann mir nicht recht vorstellen, wie das jetzt abläuft!" "Nun, wie wäre es damit, wenn wir einfach nacheinander die Augen schließen und sich jeder ein Kleid nimmt?" "Gute Idee, nur wer fängt an?"

Die Acht verstummen und vernehmen im selben Moment ein herzhaftes Lachen. Ein Mitglied aus dem Hohen Rat hatte sich ihnen unbemerkt genähert und sie beobachtet. "Respekt. Da seid ihr ja schnell auf jenes Prinzip gestoßen, mit dem die Menschheit ständig konfrontiert ist. Die Wahl zu haben, ist nicht immer einfach, wie ihr seht. Aber ich bin da recht zuversichtlich. Ihr werdet diese Herausforderung schon meistern." Zum Lachen ist den Lehrlingen zwar nicht und doch ist ihnen etwas leichter ums Herz. "Vielleicht sollten wir weniger krampfhaft an die Sache gehen. Wie wäre es, wenn ich jetzt einfach mal beginne?"

Das Eis scheint gebrochen, denn nun geht alles recht schnell und nur kurze Zeit später sind alle neu eingekleidet. Zu Acht stehen sie jetzt in einem Kreis zusammen und nehmen die Informationen, die in den Gewändern eingewoben sind, in sich auf. Vereinzelt ist ein Raunen zu hören, manchmal ein Kichern, dann wieder zeichnet sich ein Stirnrunzeln auf dem einen oder anderen Gesicht ab, insgesamt aber verläuft die Wissensübermittlung eher unaufgeregt.

Die Lehrlinge fühlen sich ausreichend informiert und weitestgehend vorbereitet. Gleichzeitig gibt es in jedem von ihnen etwas, das sich vage anfühlt, unsicher. Kann es damit zu tun haben, dass sie auf einen Planeten geschickt werden, auf dem es vor Gegensätzen nur so wimmelt? Krieg und Frieden, Reichtum und Armut, Macht und Ohnmacht, ja selbst Tag und Nacht scheint von der Menschheit unterschieden und getrennt voneinander betrachtet zu werden. Das kommt ihnen mehr als befremdlich vor. Die kribbelnde Unruhe die dies auslöst, spricht zwar keiner aus, dennoch ahnen alle, dass ihnen trotz des umfangreichen Wissens in den Gewändern, die einen oder anderen Herausforderungen begegnen würden.

Die erste Wahl, die sie daher für den Aufenthalt auf der Erde treffen ist, sich erst einmal zurückzuziehen und sich mit ihren Sprachgewändern vertraut zu machen. Bei all den Neuerungen erscheint es ihnen durchaus angebracht, sich insbesondere für Beratungen ausgiebig Zeit zu lassen. Die Menschen würden ihnen schon nicht davonlaufen. Demzufolge beantragen sie also, an einem Ort abgesetzt zu werden, an dem sie erst einmal in Ruhe ankommen können.

KAPITEL 2

Individuelle Eigenheiten

Die ersten Stunden auf der Erde vergehen schnell. Es gibt viel zu erkunden und die acht Lehrlinge kommen aus dem Staunen nicht mehr heraus. Wie schön es hier ist. Vor ihnen erstreckt sich ein ganzes Himmelreich smaragdgrünen Wassers. Wenn sie sich umdrehen, sehen sie die Silhouette eines saftig grünen Waldes und seitlich von ihnen blicken sie auf einen schier endlosen Teppich weichen, weißen Sandes. Ob das der Ort ist, den die Menschen Paradies nennen? Die acht Gefährten sind mehr als beeindruckt und insgeheim fragt sich jeder von ihnen, wie an so einem lichten Ort derart dunkle Mächte die Oberhand gewinnen konnten.

Gemeinsam setzen sie sich in den Sand und beginnen damit, ihre Ausgangslage zu erörtern. Ihre Mission ist klar, wie aber ist dabei vorzugehen? Sie ziehen zahlreiche Möglichkeiten in Erwägung, verwerfen sie wieder, verrennen sich in aussichtslosen Hirngespinsten, lassen sich auf schier endlose Wortwechsel ein und können sich bald des Eindrucks nicht mehr erwehren, dass sie sich alle irgendwie zu verändern beginnen. Vielleicht hat das etwas mit diesen neuartigen Kleidern zu tun? Ohne es sich erklären zu können, ahnen die Lehrlinge, dass die Sprachgewänder Einfluss auf sie nehmen. Warum sonst reden sie aneinander vorbei, ohne einander zu verstehen? Warum sonst ist noch keine Entscheidung getroffen worden?

Viele Fragen tauchen in ihnen auf, Antworten erschließen sich nur selten und wenn doch, so finden sie keinen gemeinsamen Nenner. Auch auf die Frage hin, ob es ihnen überhaupt gestattet ist, unterschiedliche Ansichten zu vertreten, ist kein Konsens in Sicht. Ihr Auftrag ist es, eine Wahl zu treffen, aber mussten sie dafür nicht alle an einem Strang ziehen? Oder war es am Ende so gedacht, dass jeder seine eigene Wahl zu treffen hatte? Eine mehr als gewagte Frage, finden sie. Am Anfang stellen sie sich ihr nur mit großer Scheu, doch dann bringt es die **Meinung** auf den Punkt: "Wenn es an uns ist zu wählen, dann könnten wir doch auch wählen, diesmal nicht zu einem gemeinsamen Ergebnis zu kommen. Stimmt doch, oder? Vielleicht ist es jetzt für jeden von uns an der Zeit, über gewohnte Tellerränder hinauszuschauen und eine eigene Entscheidung zu treffen. Was meint ihr?"

Die anderen nicken zögerlich. Sie sind sich nicht sicher. Konnte, ja vielmehr durfte es wirklich sein, dass sie, die bislang nichts als Einverständnis in sich trugen, mit einem Mal ganz unterschiedlich denken und entscheiden sollten? Warum nicht? Vielleicht gab es doch etwas Aufregenderes als Einigkeit und Gleichklang?

Nun gibt es kein Halten mehr. Eine Tür nach der anderen scheint sich in rasender Geschwindigkeit zu öffnen und den Weg in eine Vielzahl an Gedankengängen freizugeben, die alle aufregend genug sind, um in ihnen spazieren zu gehen, sie eingehend zu betrachten und ausgiebig zu erörtern. Die Frage nach der Einigkeit zwischen ihnen jedoch bleibt offen, zerrt beharrlich an ihren Sprachgewändern und ist letztlich der Beginn dessen, sich mit wachsender Begeisterung in sagenhaften Auseinandersetzungen und verbalen Rangeleien zu üben.

In anfänglich noch etwas laienhaften Kontroversen findet der **Wortwitz** großen Spaß daran, insbesondere die **Meinung** durch subtile Andeutungen und spitzfindige Kommentare abrupt zum Schweigen zu bringen. Gleichzeitig pulsiert das **Volkslied** geradezu vor Energie, wenn es mit schnulzigen Kompositionen vorzugsweise dem **Einspruch** Einhalt gebieten kann. Die zart besaitete **Beschönigung** hält sich bei diesen neuartigen Rangeleien zunächst lieber zurück, vor allem um der Impertinenz der **Verlautbarung** zu entkommen. Und die **Empörung**, die schüttelt nur ratlos den Kopf, wenn die **Belehrung** mal wieder allzu weise Worte in den Äther schickt.

Als ob jede einzelne Diskussion die Unterschiede zwischen ihnen immer noch mehr zum Vorschein bringt, kommen die acht Lehrlinge alsbald nicht mehr umhin zu erkennen, dass ihr Verhalten immer eigensinniger wird. Eingehüllt von komplexen Schnörkeln und Verzierungen im eigenen Sprachgewand, scheint tatsächlich jeder von ihnen ein individuelles Kontingent an Gedankenmustern zu entwickeln, das er wiederum auf seine unvergleichliche Art und Weise in Worte kleidet. Mal sachlich, mal blumig, mal sprachlich komplex, mal für alle verständlich, mal in langatmigen Monologen, dann wieder in kurzweiligen Dialogen, finden die meisten unter ihnen immer mehr Gefallen daran, ihr individuelles Sprachkontingent auszuschöpfen. Mit der Zeit bekommen einige sogar regelrecht Routine darin, Reden zu schwingen, sich Gehör zu verschaffen und andere sprachgewandt zu überzeugen. Während vor allem die **Meinung**, die **Verlautbarung** und der **Einspruch** immer mehr Finessen entwickeln, die anderen auch einmal in Wallung zu versetzen, wird die **Belehrung** immer nervöser und gibt zu bedenken: "Wir können uns gegenseitig ganz schön aus der Ruhe bringen. Habt ihr mitbekommen, was diese Sprachgewänder für eine erstaunliche Kraft haben?"

Zum ersten Mal ist es so ganz im Sinne der **Beschönigung**, was die **Belehrung** da kundtut. Ok, das mit dem aus der Ruhe bringen, hätte sie vielleicht unter den Tisch fallen lassen. Die Aussage über die Kraft in den Gewändern jedoch ist geradezu Balsam für ihr Gemüt und selbst die **Empörung** findet, dass sie im wahrsten Sinne des Wortes, sagenhaft beeindruckende Kleider tragen. Während **Wortwitz** und **Volkslied** beschließen, umgehend eine Ode auf den neuen Sprachschatz zu dichten, können **Einspruch, Meinung** und **Verlautbarung** kaum noch davon ablassen, sich mit einem Argument nach dem anderen zu übertrumpfen. Sie hören erst damit auf, als nach einer Zeit des nachdenklichen Schweigens die **Belehrung** erneut das Wort ergreift und allen mit Nachdruck in Erinnerung ruft: "Wisst ihr noch? Zu Beginn unseres Aufenthaltes hier auf diesem Planeten, hatten wir uns noch gewundert, dass uns unterschiedliche Gewänder gegeben wurden. Dass die Kleider auch zwischen uns solche Unterschiede zum Vorschein bringen würden, konnte da noch niemand ahnen und auch nicht, dass mit jedem Gewand eine ganz bestimmte Art zu denken und zu sprechen verknüpft sein würde. Keiner von uns hätte vorhersehen können, dass die verschiedenen Webmuster derart von Bedeutung sein würden. Immerhin hatten wir bis dahin nichts außer Einigkeit gekannt."

Wieder scheint die **Belehrung** in die Gedankenwelt abzutauchen, doch dann spricht sie weiter: "Bislang konnten wir immer sicher sein, dass uns alle Informationen zuteilwurden, die wir brauchten, um uns auf einem neuen Planeten zurechtzufinden. Dieses Mal scheint es anders zu sein und wir sind auf uns selbst gestellt. Unsere Aufgabe ist es, die Menschheit wieder mit der einen Kraft, die auch der Sprache innewohnt, in Kontakt zu bringen." Sie lässt eine kurze Pause entstehen, dann fragt sie in die Runde:

"Soweit so gut. Was ist aber mit uns? Wir sind Lehrlinge und so frage ich mich, ob es diese eine Kraft nicht erst einmal in uns zu entdecken gilt. Außerdem, sollten wir nicht noch viel mehr Erfahrungen im Umgang mit den Sprachgewändern sammeln? Angeblich dienen sie uns als Wegweiser. Vielleicht führen sie uns ja von selbst zur Lösung des Rätsels?"

"Ja! Lasst uns dem Geist der Sprache auf den Grund gehen, bevor uns die Sprache auf den Geist geht!" Der **Wortwitz** sprüht nur so vor lauter Begeisterung und sein Gewand beginnt regelrecht zu funkeln. Die **Beschönigung** dagegen schüttelt nur leise den Kopf, nimmt allen Mut zusammen und spricht erstmals laut aus, was sie denkt: "Ich finde es prima, wenn wir anerkennen, in welch einzigartige Schönheit wir gehüllt sind, aber können wir es dabei nicht bewenden lassen? Als Ergebnis unserer Mission könnten wir den Menschen doch sagen, dass jeder von ihnen auf seine Art schön ist. Das stimmt doch auch. Sicher hören sie dann auf, mit all diesen Streitereien." Erstaunt über ihre eigenen Worte, hofft sie nun inständig, dass sich die anderen wieder auf ihre einstige Einigkeit besinnen und ihr beipflichten.

"Meiner Ansicht nach haben wir jetzt nur eine Möglichkeit, dass jeder einzelne von uns ausreichend Erfahrung mit seinem Sprachgewand sammeln kann. In derart unterschiedliche Muster gehüllt, gilt es nun eben auch unterschiedliche Wege zu gehen. Seht ihr nicht, dass wir auf keinen einzigen Konsens mehr kommen? Ich jedenfalls werde mich unter die Menschen mischen. Für die sind wir doch ohnehin unsichtbar. Da muss es doch ein Leichtes sein, ihnen und ihrer Sprache auf die Schliche zu kommen und überdies Gleichgesinnte zu treffen. Von uns nämlich liegt niemand auf meiner Wellenlänge."

Ohne auch nur im Geringsten zu wackeln, vertritt die **Meinung** ihren Standpunkt und ist bereits im Begriff, sich auf den Weg zu machen, als die **Empörung** ihr hinterherruft: "Glaubst du allen Ernstes, dass dir ausgerechnet die Menschen dabei helfen können, dem Geheimnis deines Wortgewandes auf den Grund zu gehen? Hast du denn nicht zugehört, als uns gesagt wurde, dass es der Menschheit ganz offenbar nicht klar ist, mit welcher Kraft sie es zu tun haben?" Ein tiefer Seufzer der Erleichterung geht durch die **Beschönigung**, doch bereits im nächsten Moment stockt ihr erneut der Atem. Der **Einspruch** hat diesmal das Wort ergriffen und gibt zu bedenken: "Wäre es gerade deswegen nicht umso interessanter herauszufinden, wie es dazu kommen konnte, dass trotz dieser Kraft derart viel Unfrieden auf Erden herrscht? Also mich würde es geradezu brennend interessieren, wie die Menschen mit ihren Sprachgewändern umgehen. Vielleicht waschen sie sie einfach nur nicht!"

Das **Volkslied**, dessen größte Stärke es ist, ein Auge auf die Gemeinschaft zu haben, räuspert sich kurz und hebt dann zu einem klangvollen Monolog an, der alle in Verwunderung versetzt: "Eine ganze Weile betrachte ich uns nun und staune, denn als wir miteinander sprachen, waren es nicht nur unsere Worte, die miteinander in Verbindung traten. Nein, es waren auch die Klänge unserer Stimmen und sogar die Bewegungen unserer Sprachgewänder, die sich mal aufeinander einstimmten und sich dann auch wieder voneinander entfernten. Alles war begleitet von einem bunt schillernden Farben- und Lichtreigen und fast hatte ich den Eindruck, wir würden miteinander tanzen und uns im Tanz umgarnen. Jetzt allerdings merke ich, dass aus dem Umgarnen immer mehr ein miteinander Verstricken wird, dass wir überdies sprachlich ins Stolpern kommen und die Gewänder langsam aber unübersehbar an Glanz verlieren."

Die Lehrlinge horchen auf. Was das **Volkslied** da mehr gesungen als gesagt hat, leuchtet ihnen ein. Auch sie haben bemerkt, dass sich atmosphärisch etwas zwischen ihnen verändert hat. Diese Form von Missklang gefällt ihnen ganz und gar nicht. Schon genug, dass sie in diesen Gewändern unterschiedlich denken und sprechen, da gilt es nicht auch noch andere Differenzen zu nähren. Selbst wenn einige auf den Geschmack kontroverser Energien gekommen sind, so wollen sie es auf keinen Fall den Menschen gleichtun und nun ihrerseits einen Streit untereinander anzetteln. Von dieser Einsicht auf den Boden der Tatsachen gebracht, kommen sie langsam zur Besinnung. Es wird ganz still und fast scheint es so, dass bei allen gleichzeitig die Erinnerung an jenen Auftrag zurückgekommen ist, der sie einst auf die Erde geführt hat.

Alle schweigen für eine lange Zeit und als sie wieder aus ihrer Versunkenheit auftauchen, meldet sich die **Verlautbarung** zu Wort: "Hört alle mal her! Lasst uns einfach achtsamer sein und beides im Blick behalten: unseren irdischen Auftrag und unseren Seelenfrieden. Das wird sich doch wohl nicht widersprechen!" "Ja genau, wir werden uns von Worten nicht einfangen lassen. Ohne Befangenheit wird es ein leichtes Unterfangen, sich nicht in Gefangenheit zu verfangen." Der **Wortwitz** will die Runde auflockern, ahnt aber selbst, dass sie auf der Hut sein müssen. Ihre neuen Kleider haben eine unübersehbare Wirkung auf sie. Letztlich wären es wohl auch keine Sprachgewänder, wenn sie nicht bei dem, was sie vorhaben, ein Wörtchen mitreden wollten. Alle ahnen, dass noch einiges auf sie zukommen würde.

KAPITEL 3

Magnetische Kräfte

Ihre Ahnung wird schnell zur Gewissheit. Die Wirkung der Sprachgewänder ist immens und überträgt sich nahezu unmerklich immer weiter auf die acht Lehrlinge. So kommt es auch in der Folge immer wieder zu Auseinandersetzungen, in denen es sich keiner recht verkneifen kann, ein wenig für Wallung zu sorgen. Diesmal jedoch haben sie ein waches Auge darauf, nicht allzu sehr über die Stränge zu schlagen und die anderen nicht unnötig vor den Kopf zu stoßen. Diese Zurückhaltung fällt ihnen allerdings nicht gerade leicht, denn von Mal zu Mal wird es spürbar schwieriger, sich der Gewänder zu erwehren. Nicht nur, dass die darin eingewobenen Muster eine hohe Faszination ausüben, nein, sie übertragen sich auch immer deutlicher auf den jeweiligen Träger und damit auf dessen Art zu kommunizieren. Solange sie also diese Gewänder tragen, wären sie womöglich alle an ein spezielles Sprachspektrum gebunden, bestehend aus einem ganz bestimmten Repertoire aus Worten, Klängen und Attitüden.

Dies wird den acht Lehrlingen klar und auch, dass jedes Sprachmuster in sich zwar sehr komplex, mitnichten jedoch vollkommen ist. Das, was der eine an Fähigkeit hat, fehlt dem anderen und was den einen anzieht, stößt den anderen ab. Wie sich unter diesen Umständen zwischen ihnen, letztlich aber auch unter den Menschen, Einverständnis oder Frieden einstellen soll, ist allen ein Rätsel. Fieberhaft suchen sie nach einer Lösung und überlegen, wie weiter vorzugehen sei. Wie sie es drehen und wenden, eines erscheint ihnen immer unausweichlicher: sie müssen sich wohl oder übel unter die Menschen mischen.

Da erinnern sie sich an die Mahnung des Hohen Rates, unter keinen Umständen getrennte Wege zu gehen und so beschließen sie gemeinsam loszuziehen. Bei den Menschen angekommen, würden sie dann alle Sprachmuster ausfindig machen und alle der Reihe nach genauestens erkunden. Vielleicht ist ja in einem dieser diffizilen Muster die gesuchte Kraft kunstvoll eingewoben und es gilt nur herauszufinden, in welchem.

Am nächsten Tag ist es soweit und die Acht machen sich auf den Weg. Zu Beginn eifrig darauf bedacht, sich bloß nicht aus den Augen zu verlieren, dauert es jedoch nicht lange, bis sie plötzlich voneinander getrennt werden. Ohne jeglichen Einfluss auf alles, was ihnen von nun an widerfährt, wird jeder Lehrling von seinem Gewand in eine bestimmte Richtung gelenkt. Wie von unsichtbaren Magneten in den Bann gezogen, driften sie immer weiter auseinander und merken, dass sie nichts dagegen unternehmen können, absolut nichts. Es geschieht einfach. Was für ein Desaster und im Übrigen, was war aus ihrer Wahlfreiheit geworden? Hatte der Hohe Rat sich in dieser Sache etwa geirrt?

Die Lehrlinge sind verzweifelt. Sie können sich auf nichts einen Reim machen, erst recht nicht darauf, warum ihnen gesagt wurde, sie sollten zusammenbleiben. Wie hätte das unter den Umständen jemals gelingen können? Haben sie etwa die falsche Wahl getroffen und wäre es vielleicht doch besser gewesen, sich von den Menschen fern zu halten? Sie wissen es nicht.

Es dauert eine ganze Weile, bis sie alle den Schrecken über die Trennung von den anderen überwunden haben, doch dann gewinnt ein anderes Erleben die Oberhand. Ohne es sofort registriert zu haben, scheinen alle acht Lehrlinge ihr vorläufiges Ziel erreicht zu haben. Mit einem Mal sind sie von Ihresgleichen umgeben und noch im selben Moment tritt alles andere in den Hintergrund. Zwar sind sie nun von den anderen getrennt, verloren jedoch fühlen sie sich nicht. Viel zu aufregend ist es, sich in den Menschen um sich herum wiederzuentdecken und, als ob sie in einen ihnen vertrauten Spiegel blicken, beruhigt sich etwas in ihnen. Sie staunen.

KAPITEL 4

Faszinierender Gleichklang

Von Leuten umgeben zu sein, die genauso gestrickt sind wie sie selbst, ist für alle ein Erlebnis. Voller Bewunderung achten die Lehrlinge auf jede einzelne Geste, auf jede noch so leise Mimik. Sie lauschen voller Freude auf Worte, die auch sie genau so sagen würden und auf Formulierungen, die ihnen direkt aus der Seele sprechen. Bald schon wird es ihnen zur Pein, nicht mitmischen zu können. Oberstes Gebot einer jeden Mission war und ist es, im Verborgenen und damit unsichtbar für die jeweiligen Lebensformen zu bleiben. Niemals war es ihnen gestattet worden, sich zu erkennen zu geben. Bislang zumindest. Sollten sie diesmal nicht vielleicht doch eine Ausnahme machen? Nein, dieses Gebot ist nicht verhandelbar. Daran gibt es nichts zu rütteln und doch bleibt in jedem der Lehrlinge ein leiser Wunsch zurück, doch irgendwann einmal mit den Menschen sprechen zu dürfen, oder sich mit ihnen Sprachduelle zu liefern.

So mag es wenig verwundern, dass sich der **Wortwitz** im Kreis derer zu erkennen geben möchte, die sich mit Vorliebe der Doppeldeutigkeit von Worten widmen. Es sind vornehmlich Menschen mit kabarettistischem Geschick, die zum Teil verehrt, häufig jedoch auch gefürchtet werden. Wie mit einer Art verbalem Scheinwerfer beleuchten sie alles, was ihnen über den Weg läuft und nehmen es mit humorvoller, nicht selten auch scharfzüngiger Akribie unter die Lupe. Unser Wortwitzlehrling liebt es geradezu, diesen Wortakrobaten zuzuhören und überschlägt sich dabei vor lauter Begeisterung. Was für eine Schande, an all diesen geistreichen Wortspielen nicht aktiv teilnehmen zu können. Nur allzu gerne würde er auch einmal auf einer Bühne stehen und von dort aus den Dingen so richtig auf den Grund gehen.

Es gibt da zwar schon auch Formulierungen, die ihm eher spitz und damit fast ein wenig fragwürdig vorkommen. Im Wesentlichen aber ist er davon überzeugt, dass dies der richtige Weg sein muss, um den Kern aller Dinge erfassen zu können. Kein Zweifel, sein Sprachgewand würde es sein, welches der Menschheit aus ihrer Misere verhalf. Mit der Kraft des Humors, der nicht nur zum Lachen bringt, sondern auch in die Tiefe führt, müsste es zu schaffen sein, dass die Menschen sich auf sich und die Leichtigkeit des Seins besinnen. Wie könnten sie sich da noch weiter uneins sein und sich gegenseitig schaden wollen?

Der Ort, an dem sich die **Meinung** am meisten verstanden fühlt, ist - wie könnte es anders sein - unter Menschen, für die kaum etwas anderes von Bedeutung ist als Daten und Fakten. Der Lehrling merkt, dass in diesen Kreisen nahezu alle Hebel in Bewegung gesetzt werden, um die Menschheit umfassend zu informieren, detailliert aufzuklären und allen genauestens Bericht darüber zu erstatten, was in der Welt so vor sich geht. Mit Artikeln, Reportagen und Filmen schaffen sie die Grundlage dafür, dass jeder Mensch sich seine eigene Meinung bilden kann. Ok, nach Ansicht des Meinungslehrlings kommt es zu häufig vor, dass einzelne Veröffentlichungen kaum einen anderen Standpunkt zulassen und regelrecht zu Meinungsmachern werden.

Andererseits, wer sagt, dass diesen Informationen blind gefolgt werden muss? Jeder Mensch hat schließlich seinen eigenen Kopf und kann sich eine eigene Meinung bilden. Nicht umsonst heißt es ja Mein-ung und nicht Dein-ung, oder gar Sein-ung. Was ein Mensch denkt, ist letztlich ihm selbst überlassen und genau das macht ihn zu einem wahrhaft einzigartigen Individuum. Was für ein Reichtum der Menschheit da zur Verfügung steht! Mit wachsender Ehrfurcht wird der Meinung bewusst, dass Kraft dieser Erkenntnis den Menschen die Augen geöffnet werden könnte. Warum sonst sollten sie sich länger bekämpfen, wenn sie erst einmal auf ihre sagenhafte Einzigartigkeit aufmerksam werden? Und so steht für den Meinungsforscher fest, dass sein Gewand dazu auserkoren ist, die Erde vor dem Untergang zu bewahren.

Derweil schunkelt das **Volkslied** seit geraumer Zeit wonniglich im Einklang mit Seinesgleichen. Im Kreis von Schlagersängern jubiliert es inniglich vor Glück. Nur allzu gerne würde es seine glockenklare Stimme zum Besten geben und ist immer wieder kurz davor das "Oberste Gebot" wenigstens für ein paar Takte in den Wind zu schlagen. So gerne es auch mit den anderen trällern und jauchzen würde, besinnt es sich doch auf Zurückhaltung und begnügt sich damit, sich durch die Melodie der Lieder wiegen zu lassen. Vor allem bei großen Konzerten fühlt sich dieser Lehrling wie im Himmel. Wie friedlich die Menschen da wirken und so versöhnt!

Fast schon ist sich das **Volkslied** sicher, dass es die Kraft der Harmonie in seinem Gewand ist, das den Menschen den Frieden bringen wird, da wird ihm klar, dass bei all dem Gemeinschaftssinn auch noch etwas anderes mitschwingt. Das **Volkslied** schaut sich um und sieht, dass die Menschen seltsam entrückt aussehen, fast ein wenig so, als ob sie nicht mehr ganz Herr ihrer Sinne wären. Und wenn schon. Für ihn steht fest: sein Gewand ist der Komponist jenes Liedes, das alle Menschen eint.

Der **Einspruch** dagegen findet seine Inspiration vornehmlich in politischen Kreisen. Insbesondere diese grandiosen Diskussionsrunden, bei denen sich alle amtierenden Parteien wechselseitig in die Parade fahren, wecken in ihm enorme Kräfte. Es ist ihm mehr als arg, dass er nur im Geheimen alle Argumente durchspielen und sie nicht auf ihre Überzeugungskraft hin überprüfen kann. Allzu gerne würde er sein Umfeld von der Genialität seiner mentalen Gewandtheit überzeugen und sie ganz nebenbei auf ihre Irrtümer aufmerksam machen. Inhalte und Themen sind ihm nicht sonderlich wichtig, Hauptsache, er könnte seine Ideen klar und deutlich zum Ausdruck bringen.

Alle Perspektiven einer Thematik vernünftig zu durchdenken, ist zweifelsohne eine der bedeutsamsten Fähigkeiten der Menschheit. Kriege könnten vermieden und gütliche Lösungen gefunden werden. Fehler wären schnell ausfindig gemacht und könnten umgehend analysiert werden, so dass Unvorhergesehenes im besten Fall erst gar nicht eintritt. Selbstverständlich müsste man darauf schauen, dass mit dieser Fähigkeit keine allzu starren Machtstrukturen aufgebaut würden, aber auch diesbezüglich könnte man Vorkehrungen treffen. Nach allem Für und Wider steht fest, dass er und sein Gewand das Rennen machen werden und er von den anderen einstimmig zum Menschenretter gewählt wird.

Die **Beschönigung** schwebt derweil im siebten Himmel. In der Nähe eines klaren, tiefblauen Sees, hat sie es sich in einem idyllisch gelegenen Seminarhaus gemütlich gemacht. Allmorgendlich meditiert sie gemeinsam mit einer Gruppe sinnentrückter Aussteiger und am Nachmittag treffen sie sich regelmäßig zu einem Energiebad im nahegelegenen Wald. Kein lautes Wort kommt den Menschen hier über die Lippen und alles macht den Anschein, als ob Kriege lediglich eine Art Fantasievorstellung gewalthungriger Cineasten wären, die nichts weiter im Sinn haben, als die Aura der Erde zu schwächen.

Alles ist bunt, hell und wundervoll anzusehen. Überall duftet es nach betörenden Räucherstäbchen und eine zarte Abfolge harmonischer Melodien hüllt den Ort der Liebe in Klänge, die selbst die Seele in Trance versetzt. Niemand hat es eilig und jedem wird so lange zugehört, bis er alle seine von tiefer Weisheit beseelten Worte zum Besten gegeben hat. Manchmal sind auch der **Beschönigung** solch ausufernde Reden etwas zu lang, und sie ertappt sich dabei zu gähnen oder gar mit den Augen zu rollen. Insgesamt aber kann ihr nichts die Gewissheit nehmen, dass in ihrem Gewand die segensreiche Kraft der Feinsinnigkeit nicht nur offensichtlich, sondern unbestritten ist.

Mitten auf einer Industriemesse, umgeben von Firmenbossen, die ihre neuesten Errungenschaften vorführen, dreht die **Verlautbarung** ihre Runden. Staunend über die Wortgewalt und die Wissensdemonstration an jedem einzelnen Messestand, weiß sie nun definitiv, dass sie sich nicht getäuscht hat. Immer wieder hatte sie die anderen Lehrlinge darauf hingewiesen, wie wichtig es sei, eigene Potenziale klar und unmissverständlich kundzutun. Was einem gegeben ist, gilt es weiterzugeben und in die Tat umzusetzen. Nur so könnte die Menschheit in ihrer Evolution mit der Kraft der Entschlossenheit voranschreiten und über sich selbst hinauswachsen. Nur so würde das gesammelte Knowhow in Erfindungen eingehen können, um die Erde vor dem Untergang zu bewahren.

Vollkommen klar! Ihr Gewand ist es, welches der Menschheit das Leben rettet und darüber hinaus jedem einzelnen die Genialität des eigenen Potenzials vor Augen führt. Warum sollte da jemand überhaupt auch nur einen Gedanken an Eifer und Zwietracht verschwenden wollen? Als die **Verlautbarung** jedoch beobachtet, wie ein Unternehmer auf leisen Sohlen geheime Informationen über die Konkurrenz einzuholen versucht, wird sie für einen Moment skeptisch. Nun, um allen helfen zu können, müsste wohl oder übel die eine oder andere Grenze überschritten werden. Immerhin geht es ums große Ganze und da darf man nicht allzu zimperlich sein.

In einem dunklen Keller, im Dunst von Zigarettenrauch, lauscht die **Empörung** ehrfürchtig den Ausführungen anwesender Philosophen. Die leuchtende Strahlkraft in den Gedankengängen dieser intellektuell beseelten Menschen kann ihrer Ansicht nach durch nichts überboten werden. Einzig wenn es der Empörung doch gestattet wäre, mit zu philosophieren! Allein die Vorstellung versetzt sie in Entzücken und lässt ihr Gewand noch heller strahlen.

Das war das Zeichen. Natürlich, es besteht kein Zweifel mehr. Ihr Gewand ist es, die die Reinheit in Allem ans Tageslicht bringt und durch die brillante Kraft der Geistesgegenwart den strahlenden Kern in einem jeden Menschen offenbart. Wie könnte angesichts einer solchen Reinheit ein einziger profaner Gedanke überleben oder so etwas wie Unterdrückung oder Gewalt entfachen? Wenn das Erlesene erst zu purer Essenz wird, kann niemand mehr an der erhabenen Natur der Menschheit zweifeln. Einzig müsste man vielleicht ein wenig aufpassen, sich nicht allzu sehr in höhere Gefilde emporzuheben. Obwohl, warum eigentlich nicht?

Hinter dicken Klostermauern verborgen, findet sich still und leise die **Belehrung** in der Nähe einer kleinen Schar von Priestern ein, die andächtig schweigend zu Tisch sitzen. Vor einigen Stunden konnte dieser Lehrling sein Glück kaum fassen, als er Worte vernahm, die ein noch viel tieferes Wissen zum Ausdruck brachten, als er es in seinem Gewand bislang entdeckt hatte.

Hier konnte er wahrlich noch etwas lernen und dann in voller Glückseligkeit zu den anderen zurückkehren. Er würde ihnen die frohe Kunde überbringen können, dass Worte selbst nichts anderes als Friedensboten sind, sofern sie von einem Menschen gesprochen werden, der die Kraft der Tiefsinnigkeit in sich trägt. Was gäbe es dann auch noch zu sagen? Komisch nur, dass diese Priester hier von aller Welt so sehr abgeschirmt leben. Da wird es wirklich Zeit, dass sich daran etwas ändert und er mit seinem Gewand den Priestern den Rücken stärkt.

KAPITEL 5

Die Wende

Vor lauter Faszination merken die acht Lehrlinge nur noch vage, dass die Muster in ihren Gewändern einprägsamer werden. Einzig, dass die Stoffe irgendwie viel enger anzuliegen scheinen, fällt ihnen auf. Das jedoch stört sie nicht, denn alles, was im Moment für sie zählt, ist, immer noch mehr über ihr eigenes Sprachmuster zu lernen und zu erkunden. Nichts soll ihnen entgehen und ab einem bestimmten Zeitpunkt sind sie sogar einverstanden damit, von den Fasern ihres Gewandes nicht mehr nur umgarnt, sondern regelrecht festgezurrt zu werden. Endlich können sie unmittelbar an sich selbst testen, was sie für ein Potenzial mit sich herumtragen. Endlich ist es ihnen möglich, das riesige Repertoire an Worten, Klängen und Bewegungen nicht mehr nur an anderen zu bewundern, sondern es ganz dicht am eigenen Leib zu spüren. Mit dieser Erfahrung würde es später ein Kinderspiel sein, vor den anderen die gewonnenen Einsichten überzeugend zu präsentieren.

Der von nun an stetig wachsende Erfahrungshunger bewirkt, dass sich die Acht mehr und mehr mit den Mustern in ihren Kleidern zu identifizieren beginnen. Ohne dies bewusst entschieden zu haben, machen sie nun kaum mehr einen Unterschied zwischen sich und ihrem Gewand. Damit jedoch wendet sich das Blatt und mit einem Mal werden sie von ihren Sprachgewändern nicht mehr nur berührt, sondern regelrecht ein- und mitgenommen. Immer noch stärker verstricken sie sich mit den Kleidern, bis es auf einmal den Anschein hat, als hätten sie auf sie keinerlei Einfluss mehr. Kaum noch können sie sich vorstellen, diese Kleider wieder auszuziehen. Auf diese Idee kommen sie erst gar nicht mehr. Bereits viel zu eindrücklich ist das Erleben, an die Stoffe gekettet zu sein, ja fast schon selbst zu diesen Gewändern und den darin eingewobenen Mustern geworden zu sein. Als sich dann mit einem Mal eine große Schwere auszubreiten beginnt, wird ihnen in den letzten Zügen ihrer einstigen Losgelöstheit bewusst, dass sie sich mitten in einer Sackgasse befinden.

KAPITEL 6

Innere Nöte

Immer wieder kreisen dieselben Fragen in ihnen: Wo kommt bloß diese Schwere her? Was hat sie derart unbeweglich gemacht? Wie sollen sie Frieden auf die Erde bringen, wenn sie selbst in Unfrieden gefangen sind?

Was die Lehrlinge nicht ahnen ist, dass sie trotz räumlicher Trennung weiterhin miteinander verbunden sind. So kommt keiner von ihnen auf den Gedanken, dass sie in ihrer Not nicht alleine sein könnten und es den anderen womöglich ähnlich ergeht. In ihrer Verlorenheit fühlen sie sich von allem und jedem isoliert. Überflutet von unzähligen Gedanken- und Gefühlswogen haben sie Angst, von diesen Fluten mitgerissen zu werden. Sie nehmen nicht wahr, was um sie herum geschieht, denn alle sind vollends mit sich selbst beschäftigt. Wie im Zentrum einer Achterbahn festgebunden, sind sie gezwungen mit anzusehen, wie ihr ungestümes Innenleben um sie herum kreist und sie einwickelt. Ihnen wird schwindlig.

Es dauert eine ganze Weile, bis sich ihre Gemüter etwas beruhigen. Vage entsinnen sie sich an den Beginn ihrer Mission. Zu dieser Zeit waren all diese wundersamen Sprachgewänder noch neu für sie gewesen und sie hatten sich in ihren Kleidern erst einmal zurechtfinden müssen. Schnell wurden dann die Unterschiede zwischen ihnen deutlich und dass es ratsam war, umsichtig miteinander umzugehen anstatt sich gegenseitig auf die Füße zu treten oder einander in Wallung zu versetzen.

Ja genau, schon da war ihnen aufgefallen, dass es diese Stoffe wahrlich in sich haben. Zu jener Zeit allerdings war es unbedenklich erschienen. Immerhin waren sie nicht alleine gewesen und hatten sich wechselseitig helfen und auf sich achtgeben können. Jetzt jedoch, da sie sich einsam und voneinander getrennt wähnen, empfinden sie diese unsäglichen Wortgefechte, die sich offenkundig nach innen verlagert haben, alles andere als harmlos. Immer stärker fühlen sie sich bedrängt, geradezu bedroht, und es hat den Anschein, als ob sie dringend auf etwas aufmerksam werden sollen. Nur auf was?

Die acht Lehrlinge werden nervös. Hatten sie in ihrer Begeisterung für das eigene Gewand etwas übersehen? Es kommt ihnen mehr als eigenartig vor, doch irgendwie fühlen sie sich vor sich selbst bloßgestellt. Am liebsten würden sie im nächsten Gedankenloch verschwinden, aber ihr Innenleben kennt kein Pardon mehr. In einer Art gedanklichem Schlagabtausch liefern sich Argumente und Gegenargumente erbitterte Kämpfe. Derart mitgenommen, merken die Acht zunächst nicht, wie sie erneut von magnetischen Kräften erfasst und wieder aufeinander zubewegt werden.

KAPITEL 7

Wegweisende Botschaft

Es kehrt Ruhe ein. Die acht Lehrlinge wissen nicht, wo sie sich befinden. Zunächst noch ein wenig benommen, dauert es eine Weile bis sie merken, dass sich etwas in ihnen beruhigt hat. Erleichtert atmen sie tief durch. Doch was ist jetzt? Überrascht nehmen sie wahr, dass sie nicht mehr alleine sind. Unsicher, ob sie ihren Sinnen auch wirklich trauen können, schauen sie sich verdutzt um. Schon bei der ersten Bewegung wird klar, dass sie aufpassen müssen, denn sie befinden sich auf einem mehr als dünnen Steg, der über einen See führt. Schnell merken sie jetzt, dass dieser Steg nicht nur sehr schmal, sondern noch dazu äußerst wacklig ist und sie auf jede ihrer Bewegungen achten müssen, um nicht ins Wasser zu fallen. Auf der einen Seite des Steges wäre dies wohl nicht so schlimm. Dort ist das Wasser klar und gibt trotz sanfter Wellenbewegung den Grund des Sees zu erkennen. Auf der anderen Seite ist das Wasser trüb, wirkt abgestanden und es steigen üble Gerüche auf. Dort hineinzufallen, wäre sicher unangenehm.

Darauf bedacht, das Gleichgewicht nicht zu verlieren, wenden sich die Lehrlinge einander zu. Tatsächlich. Alle sind sie da. Überschwängliche Freude breitet sich in ihnen aus und acht Augenpaare beginnen zu leuchten. "Wo bitte kommt ihr denn her?", hallt es von allen Seiten. In Windeseile breitet sich ein bunter Fragenteppich zwischen ihnen aus. Sie möchten wissen, wie es allen ergangen ist, was sie erlebt haben, auf welche Menschen sie getroffen sind und noch vieles mehr. Antworten sind nicht allzu wichtig, wichtig ist, dass sie einander sehen und beistehen können, obgleich das mit dem Stehen im Moment eine eher wacklige Angelegenheit ist.

"Hat jemand eine Idee, was wir jetzt machen sollen?" "Nun, seit wir wieder vereint sind, fühlt sich alles zumindest wieder etwas beweglicher an. Vielleicht sollten wir versuchen, uns erst einmal hinzusetzen." Langsam wagen sie die eine oder andere Bewegung und versuchen schließlich, sich zu setzen. Geschafft. Mit dem einen Bein über der klaren und dem anderen Bein über der trüben Seite des Sees baumelnd, können sich die meisten von ihnen zwar nicht in die Augen schauen, die Balance zu wahren, gelingt auf diese Weise jedoch etwas leichter.

„Was ist das denn für ein eigentümlicher See? Kann jemand von euch erkennen, ob es unter dem Steg etwas gibt, das die eine Seite des Sees von der anderen trennt?" „Nein, ich kann nichts erkennen." „Ich auch nicht." Keiner der acht Gefährten kann sich erklären, warum sich das Wasser des Sees nicht vermischen kann und die trübe Seite womöglich in absehbarer Zeit zu kippen droht. Deutlich wird nur, dass sie sich lieber der klaren Seite zuwenden, damit aber jeweils riskieren, nicht nur sich selbst, sondern auch die anderen ins Wanken zu bringen.

Mit der Zeit fällt ihnen außerdem auf, dass egal welcher Seite des Sees sie sich zuwenden, sie die andere Seite komplett aus dem Blick verlieren. "Hoppla, seht ihr auch, was ich sehe?" In der Stimme der **Verlautbarung** schwingt Begeisterung mit. "Na sag schon, was siehst du?" "Der See beginnt sich vor meinen Augen zu einem Gesamtbild zusammenzufügen." "Was redest du denn?" "Doch, glaubt mir. Wenn ich darauf achte, sowohl in der Mitte des Stegs als auch in meiner Mitte zu bleiben und den Blick weit werden lasse, sehe ich mich, euch und die beiden Seiten des Sees. Probiert es aus. Wenn wir das alle machen, so können wir auch zusammen viel leichter im Gleichgewicht bleiben."

Die anderen Lehrlinge wissen zwar nicht so ganz, was ihr Gefährte da entdeckt hat, versuchen aber, seinen Worten zu folgen und es ihm gleichzutun. Es dauert ein wenig, doch dann haben alle den Dreh heraus. Der besteht darin, ohne das eine oder andere zu fokussieren, sich selbst und alles um sich herum im Blick zu behalten. Wenn dies gelingt, so fügen sich Einzelteile, die zuvor getrennt voneinander zu sein schienen, wie eine Art Puzzle zu einem Gesamtbild zusammen.

Etwas in den acht Lehrlingen beruhigt sich und ja, tatsächlich, es fällt ihnen um ein Vielfaches leichter, im Gleichgewicht zu bleiben. Aber Moment. Was haben sie da gerade entdeckt? Ein Schauer durchfährt sie und sie erkennen: „Natürlich! Alles hat zwei Seiten und erst zusammengenommen ergibt es eine Einheit." Diese Einsicht macht sie wach und sie erkennen, was sie in ihrem Lehrlingseifer übersehen haben. „Alles hat zwei Seiten und nichts kann seine wahre Kraft entfalten, solange etwas nicht in seiner Gesamtheit gesehen wird, auch wenn es noch so widersprüchlich zu sein scheint."

Alle denken nach. Im Geiste wandern sie noch einmal zurück zu ihrer Begegnung mit den Menschen und meinen es auch in den Gedanken der anderen lesen zu können: jeder von ihnen hatte im Bestreben ein würdiger Lehrling zu sein, in erster Linie Wert auf die brillanten Aspekte seiner Sprachfertigkeiten gelegt. Den leisen Bedenken und der sprachlichen Schattenseite jedoch, wollte keiner zu sehr Beachtung schenken.

Je mehr sie darüber nachdenken, umso weniger verstehen sie, dass sie ganz offenbar auf einem Auge blind waren. Den Lehrlingen wird es mulmig zumute. Keiner von ihnen spricht es aus und doch ahnen alle, dass es nun an der Zeit ist, sich jener Seite zu widmen, die bislang ein Schattendasein geführt hatte. Dann hören sie die Stimme der **Belehrung**: „Wenn wir die Lehrlingszeit beenden wollen, so gilt es jetzt wohl eine Entscheidung zu treffen. Wisst ihr noch, zu Beginn kam es uns eigenartig vor, eine Wahl treffen zu müssen und im ersten Moment waren wir fast überfordert damit, eine Wahl treffen zu dürfen. Dann hatten wir eine Wahl getroffen, ohne es wirklich bemerkt zu haben und was ist jetzt? Jetzt ist es möglicherweise an der Zeit, von diesem eigensinnigen Entweder/Oder abzulassen und sich ganz bewusst zu entscheiden. Für ein UND. Was meint ihr?"

Den Lehrlingen läuft es kalt den Rücken hinunter. Das was die **Belehrung** da sehr bestimmt von sich gegeben hat, leuchtet schon ein. Dennoch, wenn sie sich nun wirklich jener anderen Seite zuwenden, droht ihnen da nicht womöglich eine riesige Ernüchterung? Immer wieder wandert ein scheuer Blick zur trüben Seite des Sees und wenig später wissen sie, dass die Entscheidung längst gefallen ist.

Dem **Wortwitz** stockt der Atem. Er, der sich bislang von unbeirrbarem Schalk eingehüllt sah, sieht im trüben Gewässer all die zurückgehaltenen Tränen. Bislang hatte er immer andere dazu bringen wollen, Tränen zu lachen. Jetzt ist wohl für ihn der Moment gekommen, Tränen zu weinen. Wie ihm, geht es auch den anderen Gefährten. Alle erleben sie Enttäuschungen, jeder ist mit anderen inneren Sümpfen beschäftigt und keiner kommt dabei umhin, auf die eigenen Untiefen zu stoßen. Die **Meinung** beispielsweise fühlt sich von jetzt auf gleich regelrecht überfordert damit, in abgestandene und undurchsichtige Ansichten zu blicken. Das **Volkslied** versinkt in einem Sog erschreckend dissonanter Tonfolgen, die ein schwermütiges Lied über Einsamkeit komponieren. Der **Einspruch** kann sich angesichts modriger und übel-riechender Argumente kaum mehr vor dem inneren Ertrinken retten, während die **Beschönigung** fieberhaft bestrebt ist, Gefallen an Moder und Matsch zu finden. Die **Verlautbarung** kämpft mit dem ohrenbetäubenden Gurgeln aufsteigender Phrasen, während die **Empörung** vor Scham am liebsten gänzlich untertauchen möchte und die **Belehrung** tief in den Schlamm des Selbstmitleids hinabtaucht.

Es dauert einige Zeit, bis der Schreck der Enttäuschung von ihnen ablässt, sich etwas in ihnen lichtet und sie spüren, wie sich die Dinge in ihnen klären. Ja, sie spüren es. Es sind nicht mehr nur Gedanken, es ist eine Art Wissen, das sich in jede Zelle ihres Seins einzunisten beginnt. Etwas das sie nicht nur ahnen, sondern tief erkennen lässt, dass das Leben in einer Welt voller Gegensätze immer zwei Seiten bereithält. Dies würde auch verdeutlichen, warum sie auf diesem wackligen Steg sitzen und auf zwei unterschiedliche Hälften eines Sees schauen. Die acht Lehrlinge stutzen und im selben Augenblick stellen sich alle dieselbe Frage:

"Wenn auf der Erde Krieg und Frieden in genau einem solchen See wohnen, wie kann es dann jemals ausschließlich und immer nur Frieden geben?"

Die Frage fährt in sie hinein, lässt sie erbeben und lüftet fast zärtlich, aber doch mit Bestimmtheit, eine Art unsichtbaren Schleier kleinlicher Selbstbezogenheit. In den Herzen der Lehrlinge erwacht tiefes Mitgefühl mit den Menschen und mit sich selbst. Angesichts der Möglichkeit zwischen den Dingen zu wählen, waren sie in die Falle getappt, all das auszuschließen und aus dem Bewusstsein zu verbannen, das nicht in ihrem Sinne oder ihnen fremd war. Kein Wunder, dass sie sich derart aus den Augen verloren haben und voneinander getrennt wurden. Erst als sie sich, heillos in ihren Mustern verfangen, einsam fühlten, konnte sich auf der Ebene der Gefühle eine Art gemeinsamer Nenner bilden, auf dem sie sich jetzt wiedergefunden haben. So betrachtet, hielt das Leben offensichtlich doch in jedem Augenblick die Möglichkeit bereit, herbeigeführte Trennungen durch Gleichklang sofort wieder aufzulösen. Wie konnte es auch anders sein? Waren sie als Lehrlinge nicht oft genug darauf aufmerksam gemacht worden, dass im Leben immer alles miteinander verbunden ist und nach Ausgleich strebt?

Der Austausch, der nun beginnt, ist wacher, feiner. "Die ganze Zeit haben wir uns Gedanken um uns selbst gemacht, wollten die anderen übertrumpfen und haben uns Täuschungen hingegeben. Wir haben uns regelrecht von diesen Kleidern einfangen lassen und dabei den Überblick verloren." "Ja, so ist es wohl. Möglich, dass wir in den Sprachgewändern den Gedanken und Gefühlen der Menschen näher waren, als es uns lieb war. Mit dieser Erfahrung aber können wir noch einmal neu auf alles blicken."

"Also gut, durch die Erfahrung mit unseren Kleidern wissen wir, dass in einer Welt die von Gedanken- und Sprachmustern regiert wird, stets das Eine und das Andere existiert. Was wir noch nicht wissen ist, wie die Kraft heißt, die in Allem und damit in dem Einen wie auch dem Anderen wohnt." "Vielleicht hat diese Kraft gar keinen Namen und womöglich gibt es damit auch kein Wort für sie. Überlegt doch mal: wie sollte auch eine Kraft, die in Allem zu finden ist, benannt werden? Alles hat einen Begriff und einen Gegenbegriff. Etwas allerdings, das in Allem wohnt, kann nicht unterteilt und damit auch nicht extra erfasst werden!" „Ja, stimmt. Wie aber sollen wir diese Kraft finden, wenn sie weder erfasst noch benannt werden kann, beziehungsweise ist sie überhaupt zu finden, da sie ohnehin doch überall bereits ist?" „Vielleicht geht es einfach nur darum, diese Kraft lebendig sein zu lassen, sich für sie zu öffnen, anstatt sie in Worte zu kleiden und auf einen Begriff festzulegen?" Die Lehrlinge sind erschöpft. Diese Gedanken waren keine leichte Kost.

"Sich für etwas zu öffnen, das man nicht beim Namen nennen oder verstehen kann, ist aber ganz schön schwierig!" „Ja genau und wer weiß, vielleicht ist es genau das, was den Menschen Kopfzerbrechen bereitet. Sie suchen nach etwas, das immer da ist, ohne dass es sich zu erkennen gibt." "Dass dies nicht so einfach ist, wissen wir. Kein Wunder, dass sich die Menschen so schwertun. Da können sie auf eine riesige Vielfalt an Wissen zurückgreifen und haben noch dazu die Fähigkeit miteinander zu sprechen, doch all das nützt ihnen nichts, um diese eine Kraft zu erfassen." "Das muss ja ganz schön nervenaufreibend sein. Ich glaube, ich würde vor lauter Frust auch irgendwann den einen oder anderen Streit anzetteln." "Na, bevor das passiert, sollten wir schnell diese Gewänder ausziehen." Die anderen lachen, doch dann...

"So erinnert ihr euch also wieder, dass ihr diese Kleider einst übergezogen habt? Höret und wisset: erst wenn ihr ganz und gar davon ablasst, euch mit den eingewobenen Mustern in den Gewändern zu identifizieren, wird ihr Bann von euch abfallen und die eine Kraft, die allen Gewändern innewohnt, wird offenbar. Folgt jetzt der Strömung zum Sprachfluss. Sorgt euch nicht, ihr werdet geleitet und seid immer behütet."

Die acht Lehrlinge wissen, dass keiner von ihnen derart kraftvolle Worte von sich geben könnte. Wer aber hat zu ihnen gesprochen? Insbesondere die **Belehrung**, aber auch die anderen fühlen sich tief berührt und keiner ist zu einem Gedanken in der Lage. Es ist leer in ihnen und irgendwie auch friedlich. Erst als sie sich diese unsagbar erfüllende Stille ins Bewusstsein rufen und sie am liebsten noch weiter festhalten wollen, wird es wieder laut in ihren Gedanken.

Wie wild beginnen sie sich von Neuem auszutauschen. "Habt ihr das auch gehört? Wer mag das gewesen sein? Habt auch ihr das so verstanden, dass die Kraft nach der wir suchen, tatsächlich in jedem unserer Gewänder zu finden ist? Was mag es wohl bedeuten, sich mit den Mustern in den Kleidern nicht mehr zu identifizieren? Sollen wir die Kleider etwa ausziehen? Was wird dann aber mit unserem Auftrag? Hat jemand schon einen Fluss gesehen? Was bitte ist ein Sprachfluss? Was war das für eine Stille? Warum ist sie wieder weg? Wäre diese Stille nicht die Lösung für alle Probleme? Vielleicht wissen wir mehr, wenn wir beim Sprachfluss sind? Habt ihr eine Ahnung, wie wir dorthin kommen?" Als die Lehrlinge merken, dass sie zwar eine Menge Fragen, aber keine Antworten haben, halten sie inne.

"Immerhin liegen nun alle Fragen offen auf dem Tisch. Wie wäre es jetzt allerdings mit einem Plan?" Als ob sich plötzlich etwas in ihnen zu lösen beginnt, fangen alle zu lachen an. Zuerst eher zögerlich, dann immer befreiter. Ihr Lachen klingt wie ein Gesang, ja fast wie eine Oper, die mal durch laute und mal leise Klänge den ganzen Raum erfüllt. Ja, dieses Lachen ist wahrlich magisch. Nicht nur, dass die Gefährten merken, wie eine große Last von ihnen abfällt, sie spüren zudem, wie sich ihre Gewänder langsam lockern. Als sie dies registrieren, wollen sie auch von den anderen wissen, ob es ihnen genauso geht. Und ja, tatsächlich, alle bestätigen, dass sie besser durchatmen können und wieder viel beweglicher sind.

KAPITEL 8

Die Weissagung

Ohne Angst, doch noch die Balance zu verlieren, geben sich die acht Gefährten der immer wieder neu aufkeimenden Heiterkeit hin. Da plötzlich beginnt der Steg unter ihnen sanft zu vibrieren und nur wenig später löst er sich in Luft auf. Die Trennung ist aufgehoben, das Wasser des Sees vermischt sich und bekommt seine natürliche Wellenbewegung zurück. Sanft werden die Lehrlinge von einer leichten Strömung erfasst und in die Nähe eines Flusses geleitet. Ist das etwa der Sprachfluss?

Als die Strömung stärker wird, klettern alle ans Ufer und sind sich einig, dass es an der Zeit ist, sich erst einmal auszuruhen und von der Sonne trocknen zu lassen. Wenig später werden sie müde. Das friedliche Geplätscher des Wassers wirkt entspannend und lässt die Lehrlinge in einen tiefen Schlaf gleiten. Es vergeht ein ganzer Tag und eine ganze Nacht. Dann, am darauffolgenden Morgen, werden sie geweckt. Es scheint, dass der Fluss zu ihnen spricht, denn aus seinem Rauschen vernehmen sie folgende Worte:

"So wache auf aus deiner Ruh und höre mir gut zu. Streife ab das Gewand, das dich einst band und entdecke dich ganz im strahlenden Glanz. Schwimme behutsam und lass dich nicht treiben, sonst wirst für immer gebunden du bleiben."

Den acht Lehrlingen bleibt der Mund offenstehen. "Äh, ja." Der **Wortwitz** versucht als erster, seine Gedanken in Worte zu kleiden, merkt aber, dass ihn ein Zustand vollkommener Gedankenleere erfasst hat. Er verstummt. Alle sitzen schweigend am Ufer und rühren sich kaum. Nach diesen Worten gibt es einfach nichts zu sagen und zum ersten Mal machen die Acht bewusst Bekanntschaft mit jener Kraft, die, in Sprache gekleidet, sprachlos macht. Es ist still in ihnen, friedlich, und sie genießen es. Lange sitzen sie so und schauen dabei auf den Fluss.

Dann, die Dämmerung kündigt sich an, durchbricht die **Belehrung** das Schweigen und erhebt ihre Stimme: "Bislang habe ich in meinem Sprachgewand Worte immer als Kraft erlebt, die Dinge unterscheidet und sie beim Namen nennt. Vorhin aber, in den Worten des Sprachflusses, war eine Kraft, die mich ganz still werden ließ. In dieser Stille gab es nichts mehr zu unterscheiden, nichts zu begreifen. Ohne das Gehörte wirklich verstanden zu haben, war ich doch damit einverstanden. Jetzt frage ich mich, ob es vielleicht gar nicht so sehr darauf ankommt, was sondern wie etwas in Worte gekleidet wird und vor allem von welcher Kraft die Worte begleitet sind?"

Keiner von den anderen weiß eine Antwort. Die Frage der **Belehrung** hat etwas in ihnen berührt, ohne dass sie es genauer fassen könnten. Wahrlich, auch sie waren mit dem einverstanden gewesen, was sie im Rauschen des Flusses gehört hatten, ohne es ganz verstanden zu haben. All dies könnte schon darauf hinweisen, dass es vielleicht wirklich nicht so wesentlich ist, was mitgeteilt wird, sondern vielmehr wie etwas sprachlich vermittelt wird. Waren aber nicht gerade ihre Kleider der Beweis dafür, dass auch das WIE irgendwie eine heikle Angelegenheit ist?

Die Lehrlinge denken nach. Irrwitziger Weise waren sie anfänglich alle davon ausgegangen, dass die Kraft, die in Allem wohnt, nur in einem, nämlich im eigenen Gewand zu finden ist. Später dann hatten sie erkannt, dass die Muster in jedem Kleid zwei Seiten haben, während die eine Kraft weder benannt noch erfasst werden kann. Konnte es da sein, dass es letztlich gar nicht um die Kleider ging, sondern vor allem darum, sich angesichts aller Licht- und Schattenseiten, für die lichte Seite zu entscheiden, ohne jedoch die Schattenseite auszuschließen? Ist es am Ende genau diese Wahl, die es für sie zu treffen gilt? Die auch jeder Mensch zu treffen hat?

"Na, dann vermute ich jetzt mal, dass die eine Kraft, offensichtlich versteckt, doch in jedem unserer Gewänder steckt. Wir sind es, die versteckt im Gewand stecken und wir sind es, die durch eine weise Wahl die eine Kraft entdecken." Der **Wortwitz** grinst schelmisch vor sich hin, während die **Beschönigung** leise in Erinnerung ruft: "Wenn dies stimmt, so wohnt auch in jedem Menschen diese eine Kraft. Da hatte ich also am Anfang gar nicht so unrecht, als ich meinte, dass wir die Menschen einfach auf ihre Schönheit hinweisen könnten. Wisst ihr noch?"

"Ja, das stimmt schon. Jedoch warst Du zu diesem Zeitpunkt von Deinem Gewand einfach sehr fasziniert. Nicht nur du, sondern jeder von uns, wollte wie besessen im eigenen Gewand fündig werden und keiner hat bemerkt, wie die Gewänder immer mehr von uns Besitz ergriffen haben, wie wir von ihnen besessen waren. Könnt ihr euch noch erinnern, wie wir uns kaum mehr bewegen…" Die **Meinung** kann ihren Satz nicht zu Ende führen, denn wieder ist es der **Wortwitz**, der nicht länger an sich halten kann: "Aha, etwas unbedingt zu wollen lässt mich also mit mir selbst in die Wolle geraten."

Das **Volkslied** lacht: "Auch ich kann ein Lied davon singen, wie sehr ich mich selbst im Kreis gedreht habe. Dabei hatte ich bereits zu Beginn beobachtet, wie wir uns, anstatt miteinander zu tanzen, irgendwann auf die Füße getreten sind. So macht es gewiss auch jetzt einen Unterschied, wie wir uns an die Menschheit wenden. Wir haben hier und jetzt wieder die Wahl: lassen wir die Muster in unseren Gewändern zu Wort kommen, oder uns selbst, durch die Muster in den Gewändern?"

Während einige der Lehrlinge unruhig werden, übertönt die **Verlautbarung** das leise Raunen in der Runde: "Hört her, ich glaube, es ist an der Zeit für den nächsten Schritt. Uns wurde geraten, die Gewänder abzulegen, und uns behutsam dem Fluss zu überlassen. Offenbar sind wir es, die gewaschen werden müssen und nicht unsere Gewänder!" "Ja, und vielleicht eröffnen sich dadurch noch ganz neue Perspektiven!" Die Augen des **Einspruchs** beginnen zu leuchten und sprechen wortlos die Sprache von Klarheit und Zuversicht.

KAPITEL 9

Worte voller Magie

Wenig später ist es die **Beschönigung**, die sachte ihr Gewand abzustreifen beginnt. Gerade sie, die so lange an der unfassbaren Schönheit der Stoffe festgehalten hat, macht den Anfang. Nach und nach entledigen sich auch alle anderen der Kleider. Die Lehrlinge, die nun nicht länger Lehrlinge sind, fühlen sich befreit. Gemeinsam und ohne jegliche Hast nähern sie sich dem Fluss und lassen sich behutsam in ihn hineingleiten.

Bewegt vom gurgelnden Zuspruch des Sprachflusses, bahnen sich die Acht ihren Weg durch die tosenden Fluten. Wie ihnen geheißen wurde, sind sie hellwach und achten darauf, dass ein jeder von ihnen mitkommt. Es ist alles andere als einfach, gegen die Stromschnellen anzukommen, denn die konfrontieren sie mit tosendem Geplapper und einem Wortschwall nach dem anderen. Was hatten sie auch anderes erwartet? Immerhin befinden sie sich in einem Sprachfluss, der sie in aller Klarheit spüren lässt, welche Konsequenzen es hat, wenn man mit Worten allzu leichtfertig und verschwenderisch umgeht. Die Gefährten ahnen, was passiert wäre, wären sie mit ihren Gewändern in den Fluss gestiegen. Sie hätten keinerlei Chance gehabt, sich der Strömung zu widersetzen. Alle wären sie schonungslos fortgespült worden oder wären gar untergegangen. Ohne die Kleider jedoch bieten sie dieser überaus mitreißenden Sprachgewalt keinen Widerstand, so dass sie jederzeit den Kopf über Wasser halten können.

Ohne zu wissen, wie viel Zeit vergangen ist, spüren die Acht, dass sie sich geklärter fühlen und mit dem Fluss eins werden. Die Strömung nimmt noch ein letztes Mal zu und dann, urplötzlich, ist alles vorbei. Inmitten eines schillernden Lichtozeans tauchen sie ein in die Tiefe grenzenloser Stille. Intuitiv wissen sie, dass alles was aus dieser Stille emporsteigt, durchdrungen ist von einer unsagbar reinen, gänzlich unverhüllten Kraft. Jeder Gedanke, jedes Wort, jede Tat werden zu einer Wohltat. Jedes Wort! Das ist es. Das ist die Gelegenheit, ihren Auftrag zu erfüllen. Langsam bewegen sie sich aufeinander zu und bilden einen Kreis. Voller Vertrauen, dass aus der Tiefe des Lichtozeans zur rechten Zeit kraftvoll erhellende Worte aufsteigen, fassen sie Mut und sich bei den Händen. Eine solche Botschaft würde alle erreichen und die, die dafür offen sind, würde sie sanft erwecken.

Es ist so weit. Ohne zu zögern und ohne sich absprechen zu müssen, kennen sie die Worte, die sie jetzt, wie mit einer Zunge, sprechen:

"Im Namen des Wortes fragen wir euch:

Was wäre, wenn ihr aufhört zwischen euch zu unterscheiden,
sondern euch besinnt, auf jene Kraft,
die euch ewiglich verbindet
und im Leben Einverständnis schafft?

Was wäre, wenn ihr euch nicht länger aufhaltet mit Phrasen,
die das Leben allzu sehr in Frage stellen,
anstatt voll Freude Worte zu gebären,
die spielerisch die Welt erhellen?

Was wäre, wenn ihr aufhört mit dem Eigensinn,
stattdessen hinhört auf des Lebens Harmonie,
wenn ihr staunet über all die Klänge
und deren wundervolle Sinfonie?"

Und tatsächlich - genauso, wie die acht Botschafter es vorausgesehen haben, ergießt sich die Kraft ihrer Worte wie ein warmer Sommerregen über der Erde, erhellt den ganzen Planeten und bringt die Samen in den Herzen der Menschen zum Sprießen. Der Auftrag beginnt sich zu erfüllen.

Und jetzt?

Was aus den Acht geworden ist? Nun, aus tiefer Liebe zur Sprache haben sie ihre Sprachgewänder wieder angezogen und sich dazu entschieden, der Erdbevölkerung im Namen des Wortes weiter Botschaften zu überbringen. Fast könnte man meinen, sie hätten einen Narren an uns Menschen gefressen. Vielleicht aber haben sie einfach nur eingesehen, dass man dem Leben mit Worten ganz wundervolle Liebeserklärungen machen kann...

Die Autorin: Jutta Hollenbach
www.mensch-sein.net